DISCOURS

PRONONCÉ LE … SEPTEMBRE 1843,

à la

DISTRIBUTION DES PRIX

DE L'ÉCOLE MILITAIRE DE PERFECTIONNEMENT,

AU VAL-DE-GRACE,

PAR M. BAUDENS,

PROFESSEUR, CHIRURGIEN DE S. A. R. LE DUC DE NEMOURS, … LÉGION D'HONNEUR, ETC.

DISCOURS

PRONONCÉ LE 25 SEPTEMBRE 1843,

A LA

DISTRIBUTION DES PRIX

DE L'HÔPITAL MILITAIRE DE PERFECTIONNEMENT,

AU VAL-DE-GRACE,

PAR M. BAUDENS,

CHIRURGIEN EN CHEF ET PREMIER PROFESSEUR, CHIRURGIEN DE S. A. R. LE DUC DE NEMOURS,
OFFICIER DE LA LÉGION-D'HONNEUR, ETC.

IMPRIMERIE

DE HENNUYER ET TURPIN, RUE LEMERCIER, 24.

BATIGNOLLES.

1843

2012

MESSIEURS LES ÉLÈVES,

Appelé à prendre la parole dans cette solennité, où il y a dix-sept ans, à pareil jour, je venais entendre mon digne maître, M. Gama, j'ai peine à me défendre d'un juste sentiment de défiance, en songeant à la distance qui me sépare du chirurgien en chef dont la trace glorieuse est partout empreinte dans cet hôpital.

Comme lui, j'avais fait choix d'un sujet de doctrine médicale, quand je me suis aperçu que l'histoire du Val-de-Grâce attendait encore son auteur.

J'ai moins consulté mes forces que mon désir pour combler cette lacune, je me suis mis à l'œuvre.

J'ai ouvert le livre si instructif de l'archéologie des siècles passés, pour connaître les diverses métamorphoses du Val-de-Grâce, et j'ai pu me convaincre que pour édifier avec des matériaux perdus dans les ruines historiques de plus de dix siècles, pour leur conserver à chacun leurs traits distinctifs, leur physionomie, leur âge, pour agencer tant de pièces hétérogènes et en faire surgir un travail plein d'ensemble et d'harmonie, ce n'eût pas été trop de la main d'un architecte émérite.

J'étais trop avancé pour regarder en arrière, j'ai continué à marcher.

La richesse de mon sujet exigerait des développements qui seraient ici trop étendus, je me bornerai à jalonner ma route, et si je parviens à vous en faire oublier les fatigues, ma tâche sera remplie.

Et d'abord, quelle est l'origine du Val-de-Grâce?

Sur cela rien d'arrêté, rien de précis. Si des documents authentiques nous permettent de remonter le cours des années jusqu'au treizième siècle, la découverte toute récente d'une crypte, qui vient de se rencontrer sous les ruines d'un pavillon provenant du fief des Valois, aujourd'hui le Val-de-Grâce, imprime à nos investigations une puissance rétrospective bien plus grande.

Cette crypte, chargée d'années, et dont l'aspect reflète si bien l'enfance de l'art, développe une voûte d'une simplicité native. Son périmètre est de seize toises carrées; six colonnes de l'ordre dorique, présentant les caractères de la force et de la solidité, supportent les arceaux de la voûte, aidés de douze pilastres de granit, qui sont enclavés dans le mur d'enceinte.

Vainement avons-nous cherché les assises symétriquement disposées par la brique et le ciment romains dont le palais des Thermes de la rue de la Harpe offre un spécimen.

Des moellons octogones, composant exclusivement la voûte de la crypte du Val-de-Grâce, et que l'on trouve également dans la construction romaine du palais des Thermes, sont les seuls traits qui puissent leur donner un air de famille.

Ce palais du gouverneur des Gaules, habité par Julien en 355, remonte à une époque bien antérieure à ce général romain. Son origine nous est inconnue, elle se perd dans la nuit des temps, et nous ne prétendons nullement en rendre la crypte du Val-de-Grâce contemporaine.

Il ne faut pas perdre de vue, toutefois, que le jardin du Luxembourg a été occupé par le camp des Romains, et que non loin de ce camp a dû être construite une demeure pour le chef des troupes; cette demeure pourrait bien avoir été le berceau du Val-de-Grâce.

Nos inductions sont multiples; elles reposent, d'abord, sur la découverte toute récente d'une médaille trouvée dans des fondations à côté de la crypte.

Cette médaille est frappée à l'effigie d'Adrien; sa conservation

parfaite indique qu'elle a été enfouie peu de temps après la naissance de cet empereur, et l'on sait qu'Adrien est né en l'an 60 de
notre ère.

De plus, le treizième siècle, appuyé sur des documents irrécusables,
nous montre le fief des Valois, debout, dans la force de l'âge; or, ne
peut-on pas penser, sans donner une interprétation forcée aux faits
historiques, que l'hôtel des Valois, dont l'origine nous est inconnue,
n'est autre que cette habitation, qui du domaine de Rome sera passée
en celui des rois de France?

J'abandonne le vaste champ des hypothèses, pour entrer dans le
domaine de l'histoire, corroborée par des faits authentiques.

Sauval, avocat au Parlement, nous apprend que Philippe III, le
Hardi, qui régnait en 1270, avait au faubourg Saint-Jacques une
maison de plaisance, aujourd'hui le Val-de-Grâce.

Cet historien ajoute qu'il ne sait de qui ce roi de France tenait cet
hôtel, et qu'en 1321, son fils Charles de France, comte de Valois,
incorpora à ce fief la maison de Jean de Carnis, qui reçut en échange
la moitié d'un immeuble situé sur le chemin de Gentilly.

C'est de ce comte de Valois que l'on a dit : Fils de roi, père de roi,
frère de roi, oncle de roi, et l'on aurait pu ajouter gendre et beau-
père de rois, jamais roi.

Je raconterais comment le fief des Valois, autrement dit séjour
des Valois, manoir des Valois, fut nommé hôtel du Petit-Bourbon,
si je n'avais hâte d'arriver à une grande et lugubre époque des fastes
de la France. Je vais dire quelle influence la confiscation des domaines du duc Charles de Bourbon a pu exercer sur les destinées du
Val-de-Grâce, et retracer cette page funeste que je voudrais déchi-
rer de notre histoire. La péripétie dont les Mémoires du temps nous
déroulent la trame sanglante, a pour cause l'avarice et le fol amour
d'une vieille femme dédaignée, pour effet la défection d'un grand
capitaine, et la captivité d'un roi de France.

Dernier rejeton de la branche aînée de sa race, Charles de Bourbon
s'était en maintes occasions distingué par un courage indomptable,
quand à la bataille des Géants, à Marignan (1515), où il combattit à
côté du chevalier sans peur et sans reproches, il reçut l'épée de connétable des mains de François Ier. Il avait alors vingt-six ans. Louise

de Savoie, âgée de plus de quarante ans, veuve de Charles d'Orléans et mère de François Ier, dont la passion dominante ne s'était encore traduite que par une avarice devenue proverbiale, se prit tout à coup d'un violent amour pour le jeune connétable; elle lui offrit sa main, et n'en reçut qu'un refus injurieux.

Dès lors l'amour de cette reine se change en une haine implacable, à laquelle elle associe ses sentiments cupides, et le général Bonnivet, l'esclave de ses volontés.

Persécuté, dépouillé de ses biens, le connétable, au lieu d'imposer silence à ses ressentiments pour n'écouter que la voix de la patrie, alla offrir son épée à Charles-Quint, et combattit dans les rangs espagnols.

Qui ne sait les belles paroles que lui adressait Bayard mourant, la face tournée vers l'ennemi :

« Ce n'est pas moi qu'il faut plaindre, mais vous, qui combattez « contre votre roi et contre votre patrie. »

Un an plus tard, à Pavie, d'où le roi captif écrivait à la reine mère : « Tout est perdu fors l'honneur », et où Bonnivet reçut la mort, le duc de Bourbon put épuiser la coupe de la vengeance.

Mais bientôt il reçut le châtiment providentiel des traîtres. Ayant eu à se plaindre de Charles-Quint, il promit le pillage de Rome à une troupe de partisans, et fut tué en montant à l'assaut (1527).

Suivant l'usage de ces temps-là, le sceau de la réprobation publique fut apposé sur les hôtels du duc Charles.

Les murs, les portes et les fenêtres du Petit-Bourbon, aujourd'hui le Val-de-Grâce, furent peints en jaune par la main du bourreau.

Au lieu où règnent de nos jours les belles colonnades du Louvre, s'élevait un hôtel somptueux, où le duc Charles avait habité dans des temps prospères; le peuple s'y porta en masse, et le ruina de fond en comble à l'exception d'une magnifique galerie, où Molière, près d'un siècle plus tard (1658), installa sa troupe de comédiens. Les armoiries furent brisées par la main du bourreau, du sel et de la chaux furent jetés sur le sol, et la couleur des traîtres, le jaune, était si fortement incrustée sur les murs, qu'on la voyait encore à l'époque de la construction du portail du Louvre.

Désormais, l'hôtel du Petit-Bourbon ne relèvera plus de la cou-

ronne que par les droits seigneuriaux attachés à la grosse tour du
Louvre, que Philippe-Auguste avait fait construire en 1214 pour
servir de prison d'État; et nous verrons Louis XIV renoncer à ces
droits en faveur d'une corporation de religieuses.

Nous devançons les événements, afin de sortir le plus vite possible
des ténèbres du premier âge où le Val-de-Grâce, comme tous les
établissements célèbres, traîna longtemps son enfance. Nous ne de-
vons pourtant pas négliger les transformations qui amenèrent ce bel
édifice à son état actuel de grandeur.

Louise de Savoie, qui avait été régente pendant la captivité du
roi, sur lequel elle exerçait beaucoup d'empire, ayant obtenu, à la
mort du connétable, d'aliéner sa succession jusqu'à concurrence de
12,000 livres de rente, donna en 1527, à son médecin Jean Chapelain, l'hôtel du Petit-Bourbon en toute propriété pour lui et ses
descendants, et malgré les contestations soulevées plus tard par le
duc de Joyeuse en faveur d'une héritière de Charles de Bourbon,
cet hôtel resta dans les domaines de Chapelain.

Une anecdote, rapportée par Sainte-Foix, répand quelque intérêt
sur l'hôtel du Petit-Valois, à la fin du seizième siècle. Cet historien
raconte qu'une partie de l'armée de Henri IV était campée dans le
grand pré aux clercs, le mercredi 1ᵉʳ novembre 1589, quand un
épais brouillard venant à se dissiper comme par miracle, le roi as-
siégea Paris sans différer, surprit les faubourgs Saint-Jacques et
Saint-Germain, et, sur les sept heures du matin, se fit faire dans la
salle du Petit-Bourbon, aujourd'hui le Val-de-Grâce, un lit de paille
fraîche, sur laquelle il reposa environ trois heures.

Le même jour, voulant voir Paris du haut du clocher Saint-Germain, il se fit conduire par un moine avec qui il se trouva seul, et
quand il fut descendu, il dit au maréchal de Biron : « Une appréhen-
« sion m'a saisi étant avec un moine, et me souvenant du couteau
« du frère Clément. »

En 1611, messire Pierre de Bérulle, depuis cardinal, fonda au
manoir de Bourbon la congrégation des prêtres de l'Oratoire de Jé-
sus-Christ. Le chef était inamovible et prenait le titre de général;
son conseil se composait de trois membres, dont les fonctions trien-
nales étaient soumises à l'élection par scrutin secret.

Les soixante-six succursales et les vingt et un colléges qui, en 1685, composaient la congrégation, envoyaient à Paris des délégués nommés eux-mêmes au scrutin, avec mission d'aller faire l'élection de trois membres du conseil supérieur. Il est assez digne de remarque que l'élection à deux degrés, demandée de nos jours par un parti politique, était en vigueur chez les prêtres de l'Oratoire.

En 1615, M. de Bérulle quitta le fief des Valois, et alla habiter avec sa congrégation, rue Saint-Honoré, l'hôtel qu'avait fait bâtir Henri duc de Joyeuse et de Bouchages.

Capucin en 1587 sous le nom de frère Ange, puis ligueur acharné à la perte d'Henri IV, dont il reçut plus tard le bâton de maréchal, ce duc de Joyeuse retourna au cloître, et mourut à Rivoli pendant un pèlerinage entrepris nu-pieds.

C'est de lui que Voltaire a dit dans *la Henriade* :

> Vicieux, pénitent, courtisan, solitaire,
> Il prit, quitta, reprit la cuirasse et la haire.

Étrange destinée que celle de l'hôtel du Petit-Bourbon !

D'origine nobiliaire, et resté domaine des rois de France pendant plusieurs siècles, il se couvre, après le crime du duc de Bourbon, d'un crêpe expiatoire, et passe en mains roturières. Il sera racheté, quatre-vingt-quatorze années plus tard, des deniers d'une reine puissante ; ses murs, maculés par le passé, seront ruinés, et sur ses ruines surgira l'un des temples les plus magnifiques que le christianisme ait offerts à Dieu.

Cette métamorphose marque la grande époque du Val-de-Grâce, et demande quelques développements.

A trois lieues de Paris, dans la paroisse de Bièvre-le-Châtel, vous pourriez voir une ferme dépendante de l'Abbaye-aux-Bois.

Cette ferme est entée sur un monastère de religieuses de l'ordre de Saint-Benoît, qui avait nom Vaux-Profond ou Val-Profond, parce qu'il était situé dans une vallée.

Les titres de fondation de l'abbaye ont été anéantis par la guerre et le feu, mais la tradition orale fait remonter son origine au neuvième siècle.

Cette abbaye, de fondation royale, fut plus d'une fois livrée au désordre et au relâchement ; mais, réformée par Étienne Poncher, évêque de Paris, elle recommença en 1514 une ère nouvelle. Les eaux du baptême apportées par cet évêque avaient été tellement régénératrices, qu'elles effacèrent jusqu'au nom de l'abbaye. Le vieux Val-Profond engendra le Val-de-Grâce de Notre-Dame-de-la-Crèche, comme le constatent des lettres-patentes de François Ier (1515), et peu après cette purification, l'abbaye s'associa à la congrégation réformée de Chesal-Benoît.

C'est à très-révérente mère Veni d'Arbouze de Sainte-Gertrude que Louis XIII confia, en 1618, la mission d'y apporter une nouvelle réforme. Cette abbesse fut bénite le 21 mars 1619, dans l'église des Carmélites du faubourg Saint-Jacques, en présence d'Anne d'Autriche.

Cette reine fut si touchée de la componction et de l'humilité de la nouvelle abbesse, qui fondait en larmes pendant la cérémonie de la bénédiction, qu'elle conçut pour elle une affection toute particulière ; elle la fit monter dans son carrosse, et la ramena elle-même à l'abbaye.

Cependant le monastère du Val-de-Grâce, affaissé sous le poids des années, tombait en ruine ; dès 1573, c'était un mercredi, 10 juin, une forte crue d'eau avait miné les murs de clôture et laissé plus d'une brèche. De jour en jour le mal s'aggravait ; il y avait péril en la demeure.

Le désordre des finances devait faire renoncer au projet de restaurer le monastère ; la localité était marécageuse et malsaine : « On conseilla à l'abbesse, dit Félibien, de quitter la campagne et de transférer l'abbaye dans un faubourg de Paris, afin qu'elle fût moins exposée aux insultes pendant les guerres» ; ce qui est conforme à l'ordonnance du concile de Trente.

A la sollicitation de la révérente mère d'Arbouze, le roi Louis XIII ayant envoyé des experts, il fut constaté que les bâtiments ne pouvaient plus être habités sans péril. L'archevêque de Paris approuva le rapport, et l'on décida que la communauté serait transférée à Paris.

Anne d'Autriche, qui n'était pas encore sous la domination de Richelieu, voulut se rendre fondatrice du nouveau monastère, et fit payer de ses deniers le prix d'acquisition. Bientôt après, elle obtint du roi l'abandon de ses droits seigneuriaux sur l'ancien fief des Valois, et l'hôtel du Petit-Bourbon fut disposé pour recevoir une communauté de religieuses.

Autorisée par lettres-patentes de Louis XIII, 4 mars 1621, la translation des religieuses eut lieu le 21 septembre de la même année, sous la conduite de Marie de Luxembourg, duchesse de Mercœur, et de Françoise de Lorraine, sa fille, duchesse de Vendôme.

D'après Félibien, Denis Leblanc, vicaire général de l'évêque de Paris, bénit le nouveau monastère sous le nom d'abbaye du Val-de-Grâce de Notre-Dame-de-la-Crèche, que portait l'ancienne maison.

Cependant le Val-de-Grâce, désormais sous la protection de la reine, ne devait plus arrêter ses progrès jusqu'à son glorieux achèvement. Les religieuses n'étant pas logées commodément, Anne d'Autriche fit élever, à côté des anciens bâtiments, un nouveau cloître, dont elle posa la première pierre le 1er juillet 1624; elle en paya la moitié des dépenses.

« Cette Reine était belle, vertueuse, dit Heurtant (*Dictionnaire historique de la ville de Paris*); elle était d'un âge où l'on ne s'occupe guère à fonder des monastères, vingt-deux ans au plus. Le favori de Louis XIII répandit tant d'amertume sur la vie de cette princesse, qu'elle prit la résolution de faire bâtir l'abbaye du Val-de-Grâce pour s'y retirer quelquefois, et y trouver, au pied de la croix, une paix et une satisfaction que le trône lui refusait. »

Jusqu'à la mort de Richelieu, le Val-de-Grâce ne subit aucun changement : on sait que ce ministre-roi tenait l'épée et la bourse, et que de son vivant, sa souveraine, sur qui il avait osé porter ses vues, n'obtint ni crédit ni argent.

Un intérêt personnel et politique n'était d'ailleurs pas étranger aux sympathies de la reine pour ses filles chéries du Val-de-Grâce.

Dominée, aussi bien que le roi lui-même, par la volonté du cardinal, elle n'osait, dans son palais, lutter contre cet homme implacable. L'exil de Marie de Médicis, qui mourut dans la misère à Cologne, la préoccupait sans cesse, et, plus circonspecte que la reine mère, elle conspirait en secret dans son appartement du Val-de-Grâce, où elle attirait quelques seigneurs dévoués à sa cause et à celle de la noblesse.

Un motif plus puissant encore donna à sa sollicitude pour cette

communauté un nouvel essor ; elle avait demandé des prières à toutes les églises, et s'était engagée solennellement, si le Ciel lui accor-
dait un fils, à fonder un monastère et à élever un temple magnifique.

La naissance de Louis XIV avait mis un terme à une stérilité de
vingt-trois ans ; dès ce moment, Anne d'Autriche ne songea plus
qu'au moyen d'accomplir son vœu d'une manière éclatante.

Richelieu étant mort en 1642, et, quelques mois après, Louis XIII
étant passé en une vie meilleure, selon l'expression des chroniqueurs
de l'époque, la reine ne put, au dire de Lemaire, s'imposer, suivant
l'usage du temps, une retraite de six semaines ; dix jours s'étaient
à peine écoulés depuis la mort du roi, qu'elle se rendit au Val-de-
Grâce dans le carrosse de la princesse de Condé, qui la suivit à quelque distance.

D'après sa volonté, la première sortie du jeune roi et de son frère
Philippe fut consacrée à visiter l'abbaye, objet de sa prédilection.

Anne d'Autriche, devenue régente, s'empressa de doter le monastère du Val-de-Grâce des armes écartelées de France et d'Autriche.

Sa grande dévotion pour le mystère de l'humble naissance du
Christ, auquel les religieuses étaient dédiées, lui suggéra la pensée de
faire construire le temple du Val-de-Grâce avec le plus de somptuo-
sité possible, afin de relever, par sa magnificence, l'humilité du lieu
où le Verbe éternel avait voulu naître.

Elle fit raser l'hôtel du Petit-Bourbon avec ses dépendances, à l'exception d'un seul pavillon, édifié sur la crypte dont nous avons parlé.
Ce pavillon, qu'on pouvait voir il y a peu de jours encore, a fait
place à un amphithéâtre de chimie.

Les Catacombes, sur lesquelles repose le faubourg Saint-Jacques,
occasionnèrent de très-grandes dépenses. Lorsqu'on ouvrit la tranchée pour établir les premières assises, on découvrit d'immenses
carrières, dont il fallut chercher le fond à une grande profondeur.

Les travaux étaient commencés depuis le 21 février 1645, quand,
le 1ᵉʳ avril suivant, Louis XIV, pour obéir à la reine régente, posa la
première pierre.

Le roi, au dire de Lemaire, se rendit au Val-de-Grâce, accompagné de Philippe de France, duc d'Orléans, son frère, âgé de cinq

ans; de la marquise de Séneçay, sa gouvernante ; du comte de Cha-
rot, capitaine des gardes; du duc de Saint-Simon, son premier écuyer;
des officiers de sa couronne et seigneurs de sa cour, et d'une grande
partie du régiment des gardes.

Les mousquetaires, rangés sur une double haie, occupaient le haut
de l'ouverture des fondations; les Suisses étaient dans la tranchée,
sur les parois de laquelle régnaient de magnifiques tapisseries du
Louvre : plusieurs tentes avaient été dressées pour cette solennité ;
huit étaient destinées aux religieuses ; mais celles-ci, par esprit d'humilité, préférèrent rester dans leur couvent.

Jean-François de Gondi, archevêque de Paris, en camail et en ro-
chet, avec l'étole, précédé des porte-croix et porte-crosse, escorté
d'un nombreux clergé, bénit la pierre et les tranchées destinées aux
fondations. La musique du roi, pendant la cérémonie, accompagnait
le chant des chœurs.

Le roi, que le duc de Saint-Simon tenait dans ses bras, passa au
milieu de ses gardes, suivi de la reine-mère, de Monsieur, et de tout
son cortége.

Arrivé à l'endroit désigné, on lui donna une truelle d'argent dont
le manche était garni de velours bleu, et il fit de bonne grâce tout ce
que la régente lui demanda. Dans la pierre qu'il posa, était incrustée
une médaille d'or de trois pouces et demi de diamètre, pesant un
marc trois onces.

Une inscription latine exprimait l'événement de la naissance
de Louis XIV, et la joie d'Anne d'Autriche en devenant mère de cet
enfant, qui devait donner à la France un de ses plus grands rois. Ce
souvenir se rattachait à la fondation de l'église, dont le portail et la façade étaient représentés en bas-relief sur le revers de la médaille,
avec cette date mémorable, qui rappelle le jour et l'année de la naissance de Louis XIV : « *Ce 5 septembre* 1638. »

François Mansard, l'architecte le plus habile de son temps, avait
fourni, pour l'église et le monastère, des dessins qui existent encore
aux Archives du royaume. Ces dessins, où l'on voit les plans géné-
raux heureusement combinés avec les détails, dont l'invention har-
die paraît s'allier à une exécution large et arrêtée, furent accueillis et
assurèrent à leur auteur la direction de cette grande œuvre.

Dominé par la poésie de son art, cet architecte eût mieux aimé se briser contre les obstacles, que de supporter le frein qu'on eût tenté d'imposer à son génie.

Aussi, loin de modifier ses plans pour restreindre les dépenses, comme on l'exigeait, il déclara vouloir rester seul responsable de son entreprise, la diriger à son gré, ajouter ou retrancher, et ne prendre conseil que de ses propres inspirations.

On savait que Mansard n'était pas homme à céder; la crainte de s'engager dans des dépenses et des travaux dont il eût été impossible d'entrevoir le terme, le fit tomber en disgrâce : on lui retira la direction des constructions, déjà sorties de terre à la hauteur de neuf pieds, pour la donner à Jacques Lemercier, architecte du roi, à qui l'on doit la Sorbonne, Saint-Roch et le Palais-Royal.

Mansard, piqué de cette offense, se vengea d'une manière digne et noble à la fois.

Henri Duplessis de Guénégaud, secrétaire d'État, possédait, à sept lieues de Paris, à Fresnes, un superbe château, dont il confia à cet architecte l'exécution de la chapelle.

En 1647, Mansard la construisit sur les dessins qu'il avait faits pour le Val-de-Grâce, et, comme on le conçoit, il ne négligea rien pour perfectionner son œuvre; aussi, de l'aveu des plus grands connaisseurs, cette chapelle était-elle un chef-d'œuvre sans pareil dans tout le royaume.

Le château de Fresnes devint propriété du chancelier d'Aguesseau, et resta dans sa famille jusqu'à l'extinction de sa race, 1826, époque de la mort du marquis d'Aguesseau, pair de France.

Mme la comtesse de Ségur l'obtint, à cette époque, par héritage, et, malgré son immense fortune, elle se dessaisit d'un domaine si riche en souvenirs, et le vendit à une société de spéculateurs. Une année ne s'était pas écoulée depuis la mort du dernier des d'Aguesseau, que la bande noire avait démoli le château et la chapelle pour en vendre les matériaux. Cet acte, à jamais regrettable, ne saurait être assez flétri par l'opinion publique.

Lemercier suivit pour modèle les plans de Mansard, dont il ne modifia qu'un seul dessin, celui de la chapelle du Saint-Sacrement, qui, selon cet homme de l'art, était calquée sur de trop petites proportions.

Depuis 1648, l'orage de la Fronde s'amoncelait; en 1651, il éclata sur la tête du premier ministre, et dispersa les finances. Le manque d'argent fit interrompre les constructions au moment où elles étaient arrivées à la hauteur de la première corniche d'ordre corinthien, du dedans de l'église et du dehors du portail.

Nous n'entreprendrons pas de retracer l'épisode dramatique de la Fronde, dans lequel la grande figure d'Anne d'Autriche, notre fondatrice du Val-de-Grâce, se dessine avec tant de vigueur. Cette guerre d'épigrammes et de chansons, à laquelle succède une révolte armée du peuple de Paris, a déjà trouvé son peintre; Horace Vernet, dans un tableau déposé à la galerie du Palais-Royal, a retracé, avec une verve toute locale et une grande puissance de coloris cette page historique. Anne d'Autriche, le flanc soulevé par la colère et le ressentiment, est à la fois admirable et hideuse à voir.

On connaît la suite de cet événement; on sait de quelle manière se manifesta, au milieu des troubles civils, le caractère politique de la régente, soit qu'elle divisât les rebelles, soit que, de son château de Saint-Germain, elle fit assiéger Paris par le prince de Condé. Cette guerre, à laquelle les femmes imprimèrent la frivolité de leur sexe, eut une issue heureuse pour la royauté, qui sortit victorieuse de sa lutte avec le vieux pouvoir féodal. A la suite d'une réconciliation, le 21 octobre 1652, la régente fit sa rentrée dans Paris, accompagnée de Louis XIV, qui venait d'atteindre sa majorité.

Depuis sa rentrée à Paris, la reine, dégagée des soucis de la politique, se consacra aux exercices de piété, et fit reprendre les travaux du Val-de-Grâce au commencement de 1654. Elle n'avait confiance qu'en la prière, dit l'abbé de Drubec dans son oraison funèbre, 19 janvier 1667; elle était persuadée que toutes ses forces étaient au pied des autels.

Pierre le Muet obtint la direction générale des travaux; il lui fut donné pour adjoint Gabriel Leduc, qui arrivait de Rome, où il avait fait de bonnes études d'architecture, principalement sur les temples. Sans égaler Mansard, Leduc ne manquait pas de génie; ce fut d'après ses dessins que furent achevés l'église, le portail et le dôme avec ses tourelles.

On avait entrepris, dès 1655, les constructions du cloître, et le 27 avril, Philippe de France, duc d'Orléans, en avait posé la première pierre, sous le pilier de l'encoignure, du côté du jardin des Capucins.

La reine, d'après Lemaire, avait eu le projet de se faire bâtir un logement au Val-de-Grâce, séparé du corps des bâtiments du monastère; mais considérant que les cloîtres n'étaient pas achevés, elle résolut d'y consacrer l'argent que son logement aurait pu coûter, et se fit disposer un appartement à l'encoignure du cloître, en face du jardin.

En 1665, après vingt années de construction, l'église et le monastère du Val-de-Grâce furent complétement édifiés.

Quand on pense que quatre architectes ont mis successivement la main à l'œuvre, et que chaque nouveau venu a eu la prétention de corriger le travail de son prédécesseur, on doit s'étonner que l'église et le dôme du Val-de-Grâce, si justement admirés des connaisseurs, présentent un tel caractère d'unité.

La reine ne put attendre l'achèvement complet de cet édifice pour le livrer au culte.

Dès 1662, elle décida qu'un autel pour dire la messe serait placé dans le chœur des religieuses dont on pouvait disposer, et elle relégua celles-ci dans l'avant-chœur pour y dire leur office.

A défaut de lambris dont la muraille n'avait pu encore être revêtue, la reine fit draper le chœur et l'avant-chœur avec des tapisseries de satin de Chine, ornées de bordures de brocatelle faites exprès. Elle dépensa 20,000 livres pour tout ordonnancer selon son gré.

Le dimanche 29 janvier 1662, Jean-Baptiste de Conti, doyen de l'église de Paris, conseiller ordinaire du roi en ses conseils d'État et privés, et le vicaire général du cardinal de Retz, archevêque de Paris, qui était absent, escorté d'un grand nombre d'abbés, de chanoines de Notre-Dame et d'autres ecclésiastiques, bénit le chœur, l'avant-chœur, et la tribune qui est au-dessus de l'avant-chœur pour servir de nuit à dire matines. La reine-mère assista à cette cérémonie avec une dévotion et un bonheur indicibles.

Pendant la procession autour des lieux qu'on allait bénir, après la reine venaient les religieuses, puis les duchesses de Vendôme, de Nemours, d'Epernon, les comtesses de Flex et de Noailles, dames d'honneur et d'atours ; puis plusieurs autres dames de la cour.

Cette place d'honneur avait été assignée aux religieuses par la reine elle-même.

Le jeudi suivant, 2 février, c'était la fête de la Purification de la sainte Vierge : ce jour-là avait été choisi par la reine pour l'inauguration du service divin dans la nouvelle église, où l'on mit le saint-sacrement.

Cette cérémonie, à laquelle la présence de la reine, de la reine-mère et des dames de la cour donna un éclat particulier, nous a été conservée dans tous ses détails : nous n'en extrairons que le nom du prélat qui officia en costume pontifical, messire Henri de la Mothe Houdancourt, évêque de Rennes et grand-aumônier de la reine ; rien n'égala la pompe et l'ordonnance de la procession, qui parcourut avec des cierges les anciennes et nouvelles constructions du cloître des religieuses. Il est fâcheux que nous n'ayons trouvé ni plan, ni indice sur la nature des bâtiments de l'ancien hôtel du Petit-Bourbon. Nous ignorons entièrement quelle était la disposition de l'ancien cloître des religieuses, et à quelle époque remontait ce qu'on appelle la vieille église.

Dans l'après-midi, Sa Majesté assista aux vêpres et à un sermon qui fut prononcé par Jean-Louis de Fromentière, abbé de Saint-Jean du Fard, depuis évêque d'Aire, qui la complimenta, disent les Mémoires du temps, avec beaucoup d'à-propos.

Le samedi suivant, 4 février 1662, le grand-aumônier de la reine, dont il a été parlé, vint bénir quatre cloches qu'Anne d'Autriche avait fait couler pour l'église du Val-de-Grâce, et la bénédiction se fit dans l'église même, avec beaucoup de pompe.

La plus grosse cloche fut nommée *Louis-Anne,* par Louis XIV, roi de France et de Navarre, et par Anne d'Autriche. Les autres cloches étaient revêtues de noms illustres, qui figurent tous dans l'histoire de la cour et dans les fastes de la noblesse de France.

L'an 1665, tous les travaux du monastère et de l'église du Val-de-Grâce étant terminés, comme nous l'avons dit, on dressa un autel dans la chapelle Sainte-Anne, où furent transportés le tabernacle et tous les ornements qui avaient décoré le chœur des religieuses. Jean Gosselin, confesseur du monastère, bénit cette chapelle, et le 21 mars, fête de saint Benoît, messire Hardouin de Perefix de Beaumont, archevêque de Paris, y célébra la première messe basse en présence de la reine fondatrice, à qui il donna la sainte communion. Ce prélat laissa le saint-sacrement exposé en l'honneur des indulgences, qu'on gagne ce jour-là dans les églises des monastères de l'ordre de Saint-Benoît.

La reine-mère assista également à la deuxième messe, qui fut dite par messire François Faure, évêque d'Amiens. La reine régnante Marie-Thérèse d'Autriche dîna au couvent avec la reine-mère, et vers trois heures Leurs Majestés, accompagnées de mademoiselle Louise d'Orléans de Montpensier, la même qui, lors de la Fronde, avait joué un rôle si important, et qui, n'ayant pu épouser Louis XIV, s'éprit, à quarante-deux ans, d'une vive passion pour le comte de Lauzun ; de la princesse de Conti, de la duchesse de Vendôme, de la comtesse d'Ar-court, de mademoiselle de Guise, de mademoiselle d'Elbeuf, de la comtesse de Wurtemberg, de la duchesse d'Aiguillon et d'un grand nombre d'autres dames de qualité, assistèrent aux vêpres, qui furent chantées par la musique du roi. Après les vêpres, messire Guillaume Leboux, évêque d'Ax, prononça le premier sermon. La reine-mère, qui était au comble de la joie dans ce jour d'inauguration, présumant que ce prélat ne manquerait pas dans son discours de lui adresser des paroles laudatives, le fit prier de s'abstenir.

Le prédicateur, après avoir exprimé devant tout son auditoire le regret qu'il éprouvait, ajouta que s'il devait se taire, les pierres et les bas-reliefs du temple parleraient pour lui, et transmettraient, beau-coup mieux que ses paroles, la piété et les vertus de la reine fonda-trice à la postérité la plus reculée.

Leurs Majestés assistèrent aux vêpres et au salut du saint-sacre-ment, après quoi elles se retirèrent.

Anne d'Autriche visitait souvent l'abbaye du Val-de-Grâce. Elle y couchait ordinairement depuis la veille de Noël jusqu'au jour des Saints-Innocents, à la purification de Notre-Dame, au dimanche des Rameaux, depuis le jeudi-saint jusqu'au samedi suivant, à l'Assomp-tion de la sainte Vierge, à la Toussaint et en d'autres occasions. Depuis le commencement de sa régence jusqu'à sa mort elle y a passé cent quarante-six nuits, et elle y est entrée cinq cent trente-sept fois.

Il n'est pas douteux que si la reine eût toujours habité Paris, le nombre de ses visites n'eût été beaucoup plus grand.

Jamais elle ne quittait la capitale sans aller voir auparavant ses filles chéries du Val-de-Grâce pour en prendre congé : elle était en correspondance assez suivie avec la mère abbesse, et cette correspondance, écrite de sa main, était conservée dans les archives. Les personnes de marque désireuses de faire leur cour à la reine-mère, ne manquaient pas, en arrivant à Paris, d'aller, incognito, faire leur première visite au monastère du Val-de-Grâce.

C'est ainsi que le 29 janvier 1660, avant de faire son entrée à Paris, la reine Marie-Thérèse d'Autriche s'était arrêtée au faubourg Saint-Jacques et s'était rendue sans suite au Val-de-Grâce. Marie-Henriette de France, reine d'Angleterre, y avait conduit le roi son fils, le 26 novembre 1651, accompagné du duc d'York. La princesse d'Orange, fille aînée d'Angleterre, la reine Christine de Suède et Marie de Gonzague y ont été reçues en cérémonie par l'ordre de la reine. On sait qu'elle y introduisit elle-même le feu duc de Lorraine et don Juan d'Autriche, le 9 mars 1659, pour traiter secrètement du mariage de Louis XIV avec l'infante d'Espagne.

Elle y fit mettre en pension Lucrèce Barberin, princesse de Palestine, fille de don Thadée, préfet de Rome, neveu d'Urbain VIII et de donna Anne Colonne, qui épousa François d'Este, duc de Modène et de Reggio ; Marie Martinozzi, qui a été princesse de Conti ; Olympe Mancini, comtesse de Soissons, et Laure Mancini, veuve du duc de Mercœur, toutes deux nièces du cardinal Mazarin. Depuis, la princesse Marie-Anne de Wurtemberg a passé plusieurs années dans cette communauté.

Le Val-de-Grâce se compose de l'ancien monastère, converti en hôpital militaire, et de l'église couronnée de son dôme magnifique.

Vue en perspective du haut de la rue du Val-de-Grâce, dont on doit le percement au grand homme du siècle, à Napoléon, l'église et le dôme du Val-de-Grâce présentent un spectacle imposant et majestueux, dont l'œil peut aisément saisir l'ensemble.

A mesure qu'on se rapproche, le dôme disparaît, le portail de l'église reste seul, et l'on regrette qu'à la place de l'étranglement de la rue Saint-Jacques, si boueuse et si mal percée, l'on n'ait point, selon le projet d'Anne d'Autriche, fait une place en abattant quelques maisons de mauvaise apparence, dont l'aspect désolé contraste péniblement avec le grandiose du monument.

Dans le plan général des édifices du Val-de-Grâce il devait y avoir une place grande et circulaire vis-à-vis la grille d'entrée. Cette place devait être entourée d'édifices symétriquement disposés, avec une fontaine d'eaux jaillissantes à son centre. Il est fâcheux, dans l'intérêt du quartier et du monument, que ce projet primitif n'ait pas reçu son exécution.

La cour d'entrée est séparée de la rue Saint-Jacques par une grille de fer artistement travaillée, dont la date remonte à la fondation du Val-de-Grâce.

Cette grille aboutit de chaque côté à un beau pavillon carré, dont l'aliénation remonte à 1792. Cette mutilation commandée, alors que le trésor était épuisé et que la patrie était en danger, est, à notre époque essentiellement conservatrice, un anachronisme qui, nous l'espérons, ne saurait longtemps se prolonger.

Au centre de la grille est la porte d'entrée surmontée du chiffre et de l'écusson d'Anne d'Autriche. Cette entrée donne accès dans une cour représentant un quadrilatère allongé, dont le côté le plus long, parallèle à la rue Saint-Jacques, a 25 toises de face sur 23 de profondeur.

En face de la porte d'entrée, sur seize marches élégantes, s'élève le grand portail de l'église ; sur les côtés de ce portail et en retour vers la grille règnent des bâtiments d'une architecture simple et noble à la fois, symétriquement disposés, dans lesquels on a pratiqué, de distance en distance, des niches pour recevoir des statues, et des portes, les unes vraies, les autres fausses, ornées de colonnes d'ordre composite et de frontons décorés de riches guirlandes, dans lesquelles était encadré le chiffre d'Anne d'Autriche. Sur le fronton de l'une des portes, située à droite en entrant, on lit ces mots : *Val-de-Grâce, Hôpital militaire*. La porte située dans l'angle à gauche conduit aux logements affectés aux officiers de santé en chef.

Le portail de l'église, composé de deux frontons superposés et soutenus par deux rangs de colonnes fuyant en perspective, est d'un effet grandiose qui mérite de fixer l'attention.

L'entablement des colonnes du portique est couronné par un fronton sur lequel on lit l'inscription suivante, pour faire allusion au vœu d'Anne d'Autriche :

Jesu nascenti Virginique matri.

On a fait observer, à propos de cette inscription, que les temples ne doivent être dédiés qu'à Dieu et que, pour la rendre régulière, il faudrait la formuler comme il suit :

Jesu nascenti, sub invocatione Virginis matris.

De chaque côté des colonnes sont deux niches, qui, depuis la fondation de l'église jusqu'en 1792, ont été occupées par les statues en marbre de saint Benoît et de sainte Scholastique, sculptées par François Anguier.

Par un décret de la Convention, dont nous ferons mention plus bas, ces statues ont été enlevées, et ont reçu une autre destination.

Au-dessus de ce fronton, sur un second plan règne un deuxième étage de colonnes du même ordre, mais de dimensions moins colossales. Un fronton plus élégant et plus hardi que le premier leur sert également de couronnement. Son tympan portait les armes de France et d'Autriche soutenues par des anges sortis du ciseau de Thomas Regnauldin.

Cet écusson a été remplacé en 1792 par les symboles de la liberté et de l'égalité, et, par un oubli difficile à comprendre pour qui sait combien la Restauration mettait d'empressement à faire disparaître les traces de notre grande révolution, ces symboles restèrent jusqu'en 1817, époque où ils firent place à un cadran d'horloge.

Le dôme est, après ceux du Panthéon et des Invalides, le plus élevé de tous ceux de Paris.

Il est d'une élégante proportion, et sa décoration, quoique un peu théâtrale, n'en est pas moins imposante et magnifique ; il sort majestueusement au milieu de quatre tourelles couronnées de lanternins d'un style gracieux et original à la fois. Son tambour est percé de seize fenêtres, et dans le pourtour règne un ordre de pilastres à cannelures, surmontés de chapiteaux corinthiens.

Sur le premier plan de leurs corniches se montrent, disposées en couronne, des statues de chérubins ; sur le deuxième plan s'élèvent, jusqu'à la hauteur de l'attique, des consoles sur lesquelles reposent de grands vases richement ciselés.

Derrière le dôme on voit un vaste tambour dépendant de la chapelle du Saint-Sacrement, aux angles duquel sont de fort beaux groupes de statues.

Ces sculptures ainsi que celles qui décorent le dôme, et les guirlandes attachées avec autant de grâce que de légèreté au pourtour de la nef, sont de Philippe Buister.

Un campanile entouré d'une balustrade en fer, et d'où l'œil saisit l'ensemble du beau panorama de la capitale, sert de couronnement à l'édifice.

La toiture du dôme est en plomb, bardée de plates-bandes qui originairement étaient dorées. Une croix, qui de nos jours a été remplacée par un paratonnerre, était au-dessus du campanile.

Les ouvrages d'art de l'intérieur de l'église l'emportent encore, pour la magnificence, sur la mise en scène et les décorations extérieures. L'église est calquée sur une croix dont la tête est à la chapelle du Saint-Sacrement, le pied à la nef, et les bras à la chapelle Sainte-Anne et à celle du chœur des religieuses.

Dans la nef, des pilastres s'élèvent adossés à des trumeaux de granit, dont le poli et la finesse imitent le marbre. Ces pilastres supportent un riche entablement sur lequel reposent les reins de la voûte. Peut-être doit-on reprocher à cette voûte d'être un peu pesante, surbaissée, et faut-il regretter qu'un socle de cinq à six pieds de hauteur n'ait pas été déposé, comme Mansard en avait le projet, sur l'entablement, pour recevoir la retombée des arcs de la voûte, qui eût acquis ainsi plus d'élévation. Peut-être encore cette voûte, trop chargée d'ornements, laisse-t-elle désirer un espace libre sur lequel l'œil puisse se reposer.

On y remarque surtout six beaux médaillons représentant la tête de la sainte Vierge, de saint Joseph, de sainte Anne, de saint Joachim, de sainte Élisabeth et de saint Zacharie, enlacés de chérubins porteurs de cartels où sont des inscriptions hébraïques et des hiéroglyphes en l'honneur des saints qui figurent dans les médaillons. Tous les bas-reliefs sont d'une grande beauté d'exécution et font honneur à François Anguier.

Les pilastres de la nef sont séparés l'un de l'autre par trois larges travées, dont les archivoltes sont surmontées de bas-reliefs représentant les Vertus, et exécutés par François Anguier.

Ces travées donnent accès à des chapelles qui occupent les bas côtés.

Sous le dôme, d'élégants pilastres encadrent sept chapelles, dont quatre petites portent chacune sur leur fronton une tribune richement dorée. Sur une frise qui a cent cinquante pieds de circonférence, placée au-dessus des arcs doubleaux du dôme, on lit, en grosses lettres de cuivre doré, l'inscription qui suit :

Anna Austriaca rectrix cui subjecit Deus omnes hostes ut conderet domum in nomine suo.

Au-dessus de cette frise règnent les moulures en saillie de la corniche, couronnées elles-mêmes par une rangée circulaire de seize fenêtres destinées à éclairer la voûte du dôme, et dont les trumeaux sont remarquables par la richesse et le luxe de la sculpture.

Le sol de l'église est couvert de marbre de couleurs variées, représentant sous le dôme une véritable mosaïque, avec le chiffre d'Anne d'Autriche en marbre blanc, et sous la nef six compartiments correspondant aux médaillons de la voûte ; à l'entrée de l'église on a ménagé une trappe qui ferme un grand caveau destiné à la sépulture des religieuses.

La décoration du maître-autel, d'une ordonnance ingénieuse et magnifique à la fois, a été exécutée d'après les dessins de Gabriel Leduc.

Six colonnes d'ordre composite de deux pieds de diamètre, élevées sur leurs piédestaux, sont disposées symétriquement suivant le contour de l'ovale décrit par le maître-autel ; elles sont de marbre de Barbançon, noir veiné de blanc, cannelées jusqu'au tiers de la hauteur, torses dans le reste de leur étendue. Des palmes, des feuillages de laurier et de grenadier hardiment sculptés dans le bronze, enlacent avec grâce la portion torse du fût de ces colonnes. Leurs chapiteaux chargés de feuilles d'acanthe, d'enroulements et de volutes, soutiennent un baldaquin formé de six grandes courbes qui rachètent un petit plafond sur lequel est un amortissement de six consoles, couronnées par une croix posée sur un globe.

Quatre anges posés sur les entablements des colonnes tiennent des encensoirs ; de gros faisceaux de cannes entourés de festons, de feuilles de palmier et de grappes de raisins courent en forme de guirlandes d'un chapiteau à l'autre. A chaque faisceau est suspendu un petit ange tenant un cartel où est écrit un verset du *Gloria in excelsis*.

Les grands et les petits anges aussi bien que le couronnement du baldaquin sont dorés à l'or bruni, tandis que les chiffres fixés dans le dé des piédestaux, les bases, les fûts et les chapiteaux des colonnes, les modillons, les rosons de bronze du plafond de la corniche, sont dorés à l'or mat.

Cette composition, faite à l'imitation de celle de Saint-Pierre de Rome, est d'un grand effet. L'architecte s'est inspiré du chef-d'œuvre de Michel-Ange, dont les dessins ont été repris pour toutes les églises où l'on a voulu déployer un grand luxe de décoration. On assure que chaque colonne a coûté plus de dix mille francs.

Sous ce magnifique couronnement on voyait, disposé entre les premières colonnes dont il vient d'être parlé, un autel en marbre blanc, dont le parement était un admirable bas-relief de bronze doré représentant le Christ descendu de la croix ; et sur l'autel était un groupe de marbre blanc, expression de la pensée d'Anne d'Autriche, qui avait voulu, on le sait, représenter une étable dont le luxe et l'éclat relevassent la pauvreté de celle où le Verbe était né.

Ce groupe, la composition la plus capitale de Michel Anguier, représente l'enfant Jésus endormi dans la crèche placée entre la sainte Vierge et saint Joseph, dont les statues en marbre blanc sont de grandeur naturelle. De l'avis des artistes, cet enfant Jésus est un chef-d'œuvre. Nous l'avons dit, ce groupe résume toute la pensée de la reine fondatrice, et l'ordonnance générale de son temple a été conçue en vue de la Nativité du Verbe éternel. Enlevez l'enfant Jésus dans la crèche, et le baldaquin avec ses chérubins devient un non-sens, et toute l'ordonnance du temple porte à faux : vous ôtez à cet édifice l'objet et le caractère de son culte.

Ce larcin a été commis au profit de l'église Saint-Roch, bien innocemment sans nul doute, et le signaler ce sera, je l'espère, donner lieu à restitution.

Voici comment les faits se sont passés :

Pénétrée de cette maxime, que la culture des arts chez un peuple épure les mœurs et le rend plus docile aux lois qui le gouvernent, l'Assemblée Nationale, après avoir décrété que les biens du clergé appartenaient à la *chose publique*, chargea son comité d'aliénation de veiller à la conservation des monuments des arts que contenaient ces domaines. On sait que le peuple, sous le prétexte de faire disparaître les traces de la féodalité, brisait les statues, déchirait les tableaux, même les plus précieux, et fondait nos plus beaux bronzes, symboles de la gloire nationale.

Le philanthrope Larochefoucauld, président de ce comité, donna mission à des savants et à des artistes de procéder au choix des monuments. De son côté, la municipalité de Paris, spécialement chargée de l'exécution du décret de l'Assemblée Nationale, adjoignit des hommes spéciaux à ceux qui avaient fixé le choix de la commission d'aliénation, et l'on créa avec ces divers éléments une commission des monuments chargée de faire enlever tous les objets d'art, soit de sculpture, soit de peinture.

La maison des Petits-Augustins, aujourd'hui le palais des Beaux-Arts, fut choisie pour déposer les morceaux de sculpture, sous la direction du citoyen Lenoir.

C'est là que, dans un but de conservation, l'Assemblée Nationale fit porter le chef-d'œuvre d'Anguier le jeune.

Dans le livre publié par Lenoir sur la description des monuments de Paris, on lit ces mots :

« *N° 225 du Val-de-Grâce.* Un groupe en marbre blanc, composé de trois figures représentant la Nativité du Christ, exécuté par Anguier.

« Cet artiste, souvent employé dans les monuments publics, a fait « un chef-d'œuvre dans la figure de l'enfant Jésus, qu'il représente « endormi.

« *N° 247 du Val-de-Grâce.* La Présentation du Christ au temple, « bas-relief en bois, sculpté par Sarrazin.

« Les bronzes provenant du Val-de-Grâce ont été vendus comme « inutiles. »

Ce précieux dépôt resta aux Petits-Augustins jusqu'à l'époque où le culte reprit faveur ; alors le clergé fit entendre ses réclamations, et les monuments furent restitués aux églises.

Convertie en magasin d'effets militaires, l'église du Val-de-Grâce ne fut rouverte et rendue au culte qu'en 1827.

Au jour de la restitution, nul n'ayant réclamé le chef-d'œuvre de la Nativité en faveur du Val-de-Grâce, le clergé de Saint-Roch le reçut en dépôt et le fit placer sur un autel derrière le chœur, où il est encore en ce moment. On assure que Saint-Roch reçut en même temps les statues de sainte Scholastique et de saint Benoît, dont les niches du portail du Val-de-Grâce sont restées veuves depuis 1790.

Derrière le groupe de marbre de François Anguier, existait un tabernacle d'un travail fort précieux, où reposait le saint-sacrement. Ce tabernacle a été enlevé à l'époque de la révolution de 1789. Il était soutenu par douze petites colonnes supportant un demi-dôme ; de ces colonnes on ne voyait que les quatre de face, les autres étaient cachées par les parties accessoires.

L'autel sur lequel reposait le tabernacle était double ; l'un faisait face à la nef ; l'autre, destiné aux religieuses, regardait la chapelle du Saint-Sacrement, dont nous aurons occasion de parler.

La coupe du dôme présente la plus belle peinture à fresque qu'il y ait en Europe ; cette page sublime sort du pinceau de Mignard, premier peintre de Louis XIV. L'artiste a essayé, avec un rare bonheur d'expression, de représenter l'image du ciel et le séjour des bienheureux : plus de deux cents figures y sont groupées ; les plus grandes n'ont pas moins de seize à dix-sept pieds de haut, et les plus petites neuf à dix pieds. Treize mois ont suffi pour accomplir cette immense composition, le commentaire le plus ingénieux qui ait été fait des belles paroles de l'Apocalypse.

Sur le premier plan, au-dessus du maître-autel, l'Agneau immolé, entouré d'anges prosternés, et le chandelier à sept branches, attirent les premiers regards ; ils rappellent les paroles du premier chapitre de l'Apocalypse :

Fui mortuus, et ecce sum vivens.

Plus haut est un ange qui porte le livre scellé de sept sceaux où sont inscrits les noms des élus, et dont il est parlé dans l'Apocalypse ; la croix, le mystère de notre salut, se voit sur un plan plus élevé, soutenue par cinq anges.

Sur un trône de nuées apparaissent, au centre de cette magnifique conception, les trois personnes de la Sainte Trinité.

Dans le Père, se révèlent son éternité, sa puissance infinie et sa majesté; de la main droite il bénit ceux qui l'entourent, et de la gauche il tient le globe du monde. Le Fils, toujours occupé du bonheur des hommes, présente à son Père les élus, dont les têtes, semblables à un essaim, sont groupées sans confusion, grâce à une grande entente de la dégradation des teintes et de la perspective. Le Saint-Esprit, sous l'emblème d'une colombe, est au-dessus du Père et du Fils.

Des gerbes d'une lumière limpide et éblouissante, adoucie par la demi-teinte des nuages, circulent autour du groupe de la Sainte Trinité, et répandent sur l'ensemble du tableau des effets de clair-obscur d'une grande puissance; le chœur des anges, inondé de cette lumière et porté par les nuages, compose le premier ordre de la cour céleste.

Un grand nombre de chérubins entourent la Divinité : les plus proches du trône n'en peuvent supporter l'éclat et se couvrent de leurs ailes; d'autres, plus éloignés, forment des concerts dont on croit entendre la douce mélodie.

La Sainte Vierge est à genoux en face de la croix; derrière elle on voit la Madeleine et les autres saintes femmes qui ont assisté à la mort et à la sépulture de Notre-Seigneur.

A droite de l'Agneau sont saint Ambroise et saint Jérôme, à gauche, saint Augustin et saint Grégoire ; tous dessinés avec beaucoup de vigueur, ils révèlent la grande puissance de coloris de Mignard. A gauche, figurent saint Louis et sainte Anne conduisant Anne d'Autriche richement drapée du manteau royal fleurdelisé. Cette reine, dont la tête noble et humble à la fois reflète si bien la piété de son âme, vient déposer sa couronne aux pieds du Roi des rois, et lui présente le temple qu'elle a élevé à sa plus grande gloire.

Derrière saint Ambroise et saint Jérôme viennent les apôtres, les saints que l'Église honore comme confesseurs, et un nombre infini de martyrs armés de la branche d'olivier.

Le peintre, dans la scène des martyrs, s'est inspiré du verset de l'Apocalypse :

Laverunt stolas suas in sanguine Agni.

Tous sont abîmés dans la contemplation de la majesté divine.

Saint Benoît, père des moines de l'Occident, dont les religieuses du Val-de-Grâce suivaient la règle, se détache vigoureusement sur le premier plan. Plus bas, dans une perspective fuyante, se montrent les fondateurs des différents ordres. En face du maître-autel, sur le premier plan du tableau, apparaissent, fortement accusés, Moïse, Aaron, David, Abraham, Josué, Jonas, et quelques saints de l'ancien Testament. Les anges, qui emportent l'arche d'Alliance, nous apprennent par cette allégorie que l'ancienne loi a fait place à la loi de grâce, et que le sang de l'Agneau peut seul ouvrir la voie du ciel.

Le groupe des vierges vient ensuite, et occupe un grand espace.

Une foule d'esprits célestes, heureusement distribués dans la composition du tableau, occupés à porter des palmes aux vierges et aux martyrs, et à faire brûler l'encens en l'honneur du Très-Haut, résument le sentiment de béatitude inénarrable qu'éprouvent les saints admis à la gloire du paradis.

Quelques parties de cette magnifique composition ont souffert de l'infiltration des eaux à travers la toiture, d'autres ont perdu leur coloris, parce que le peintre aurait, au dire de l'historien Germain Brice, retouché au pastel quelques détails de son œuvre. Au moment où cette grande fresque fut exposée aux regards publics, ce fut à qui louerait le peintre ; les éloges en vers et en prose lui furent prodigués. Molière, dans un poëme intitulé *la Gloire du Val-de-Grâce*, a célébré en vers magnifiques le chef-d'œuvre de Mignard dont il était l'ami.

Nous ne pouvons résister au désir d'en extraire le passage suivant :

> Dis-nous, fameux Mignard, par qui te sont versées
> Les charmantes beautés de tes nobles pensées,
> Et dans quel fonds tu prends cette variété
> Dont l'esprit est surpris et l'œil est enchanté.
> Dis-nous quel feu divin, dans tes fécondes veilles,
> De tes expressions enfante les merveilles ?
> Quels charmes ton pinceau répand dans tous ses traits ;
> Quelle force il y mêle à ses plus doux attraits,
> Et quel est ce pouvoir qu'au bout des doigts tu portes
> Qui sait faire à nos yeux vivre des choses mortes,
> Et d'un peu de mélange et de bruns et de clairs,
> Rendre esprit la couleur, et les pierres des chairs.

Toutes les inscriptions que l'on rencontre dans l'église du Val-de-Grâce sont de la composition et du choix de Quinet, alors intendant des inscriptions des édifices royaux. Depuis, dans des circonstances semblables, on a généralement consulté l'Académie des inscriptions et belles-lettres. Ces inscriptions méritent en effet une attention assez sérieuse pour n'être pas livrées aux caprices et quelquefois à l'ignorance d'un seul homme.

Les sculptures en bas-relief qui décorent les quatre angles du dôme, les quatre évangélistes et les anges qui les accompagnent portant des cartels où sont transcrits des passages de l'Écriture sainte sur la naissance du Fils de Dieu, sont de Michel Anguier, ainsi que les figures sculptées sur les arcades des neuf chapelles de l'église.

En entrant dans le chœur, on y remarque, derrière le maître-autel, la chapelle du Saint-Sacrement ; à droite, la chapelle du chœur des religieuses ; et à gauche la chapelle de Sainte-Anne. Trois grilles d'un travail fini ferment l'entrée de ces chapelles.

La chapelle du Saint-Sacrement était destinée aux religieuses. Elle présente un grand hexagone ; le sol est parqueté en bois de chêne, et le plafond offre une voûte dont le couronnement, parsemé de têtes de chérubins, est dû à Philippe de Champagne, peintre de la reine et directeur de l'Académie de peinture.

Les ornements de sculpture sont jetés avec luxe et profusion dans cette chapelle ; sur de superbes trumeaux de granit aussi fin que le marbre, s'élèvent des pilastres cannelés à chapiteaux, étagés de feuilles d'acanthe, de rinceaux et d'enroulements. Les pilastres sont couronnés d'un riche entablement, au-dessus duquel on voit quatre bas-reliefs fort remarquables et représentant les quatre Évangélistes, de Michel Anguier. La grille qui sépare cette chapelle du maître-autel présente un vasistas par où le prêtre donnait la sainte communion aux religieuses de la communauté.

Au-dessus de cette grille, Philippe de Champagne et Jean-Baptiste de Champagne, son neveu, ont représenté dans une coupole le Christ entouré d'anges et tenant une hostie à la main. Cette peinture, qui semble sortir du pinceau de l'artiste, tant elle a conservé de fraîcheur, est une belle composition pleine de vigueur et de coloris.

La chapelle du Saint-Sacrement, à l'époque où le Val-de-Grâce fut transformé en hôpital, a été consacrée pendant bien des années à la salle des morts et aux dissections anatomiques, et l'on doit dire, à la louange des élèves du Val-de-Grâce, qu'elle n'a jamais été profanée. Les bas-reliefs et les peintures n'ont éprouvé en effet aucune altération. Pourquoi ce lieu, que les amis des arts et de la religion aimeraient à visiter, n'a-t-il pas été rendu à sa destination première, et se trouve-t-il encore encombré d'effets militaires?

La chapelle du chœur des religieuses est grande et spacieuse. On se rappelle qu'elle a servi à la consécration du culte, alors que l'église n'était pas achevée. Les religieuses s'y tenaient pour chanter leurs offices, et il s'y trouvait un jeu d'orgues destiné aux jours de fête.

Affectée depuis, en grande partie, au service des malades, cette chapelle a été singulièrement réduite; mais aujourd'hui que l'agrandissement du Val-de-Grâce ne saurait plus autoriser une usurpation si contraire au respect dû au lieu saint, il serait à désirer que ce local fût rendu à sa destination primitive.

Cette chapelle communique directement avec le cloître de l'hôpital, et pourrait être exclusivement destinée aux malades, qui ne vont pas sans danger entendre la messe dans le chœur.

La température de l'église est toujours froide, le marbre glace les pieds, et la présence de ces infirmes affecte péniblement les étrangers qui assistent aux offices divins.

En face est la chapelle Sainte-Anne, beaucoup moins spacieuse que la précédente, et dont la voûte tapissée d'hiéroglyphes offre dans un médaillon central un bas-relief d'une grande beauté.

Dans le plancher de cette chapelle on a ménagé une trappe pour descendre dans un caveau incrusté de marbre, et dont les parois sont tapissées de petites cases. Nous en indiquerons plus bas la destination. En 1676, cette chapelle, destinée à recevoir les cœurs des membres de la famille royale, fut tendue de drap noir depuis la voûte jusqu'au sol; sur cette tenture on voyait trois lés de velours noir, chargé d'écussons aux armes de France et d'Autriche. Un tapis de la même étoffe recouvrait le pavé.

Sur une estrade de trois degrés, ceinte d'une balustrade et élevée au milieu de la chapelle, était un tombeau couvert d'un poêle de velours noir croisé de moire d'argent, bordé d'hermine et chargé des armes de France écartelées avec celles d'Autriche, en broderies d'or. Au-dessus s'élevait un lit de parade à pentes de même étoffe, enrichi de crépines d'argent et orné d'écussons aux mêmes armes; le fond de ce lit était croisé de moire d'argent.

Dans l'intérieur du tombeau étaient plusieurs petites layettes séparées et fermées à clef. Ces layettes étaient garnies, les unes de velours noir, les autres de satin blanc. Les cœurs des princes et des princesses étaient embaumés dans un cœur de plomb, contenu lui-même dans un autre cœur de vermeil que surmontait une couronne de même métal; ils étaient placés dans des layettes sur des carreaux de velours noir ou de moire d'argent, selon l'âge des princes ou princesses. Chaque cœur de vermeil portait le nom du prince ou de la princesse à qui avait appartenu le précieux reste qu'il contenait.

Par ordre de Louis XIV, du 17 janvier 1676, tous les cœurs, excepté celui d'Anne d'Autriche et celui de Philippe de France, duc d'Orléans, furent transportés dans le caveau qui est sous la chapelle Sainte-Anne. Ces précieux dépôts furent religieusement conservés dans l'église du Val-de-Grâce, jusqu'en 1792.

A cette époque de profanation, les urnes qui les contenaient furent portées à l'hôtel des monnaies pour y être fondues.

Voici à quelle occasion les cœurs des princes et princesses de la famille royale furent apportés au Val-de-Grâce.

Le 28 décembre 1662, la reine-mère se trouvait dans ce monastère, où elle avait passé les fêtes de Noël et avait reçu, trois jours de suite, la visite du roi, quand Sa Majesté l'envoya prier de retourner le plus vite possible au Louvre, où madame sa fille aînée était malade à toute extrémité. La révérente mère Marguerite Dufour de Saint-Bernard, alors abbesse, et la révérente mère Marie de Burges de Saint-Benoît, qui avait été la deuxième abbesse élective, pour qui Anne d'Autriche avait une grande affection, la supplièrent humblement, si Dieu rappelait cette princesse à lui, de vouloir bien faire déposer son cœur au Val-de-Grâce, ajoutant que Saint-Denis étant le lieu de la sépulture du corps des princes et des princesses, elles seraient heureuses et honorées à la fois de posséder les cœurs de la famille royale dans leur monastère.

La reine promit de leur servir d'intermédiaire auprès du roi. Madame mourut peu de temps après, et Louis XIV accéda à la prière des religieuses avec infiniment de bonté. Depuis lors, tous les cœurs de la famille royale ont été déposés au Val-de-Grâce, dans la chapelle de Sainte-Scholastique, jusqu'en 1676. A cette époque, par ordre du roi, ils furent transportés dans la chapelle Sainte-Anne.

Il n'y a pas de marques de bonté et d'affection que la reine Anne d'Autriche n'ait données au Val-de-Grâce.

Elle dota l'église d'ornements de la plus grande richesse ; le plus remarquable de tous, sous le rapport du luxe, est celui qu'elle eut l'originalité de faire composer avec les habits et les accessoires qui avaient servi à Louis XIV le jour de son sacre.

Cette riche défroque avait été rachetée des officiers de la couronne, à qui elle appartenait. L'usage voulait que la chemise et les gants portés par le roi le jour de son sacre fussent jetés au feu, afin de ne pas laisser à des mains profanes les saintes huiles dont le monarque a été oint dans cette auguste cérémonie. Mais, par les ordres de la reine-mère, la chemise et les gants furent conservés et envoyés à l'abbaye du Val-de-Grâce, avec une pièce de monnaie frappée à cette occasion.

Parmi les priviléges qu'Anne d'Autriche avait fait accorder à cette communauté, était celui de réclamer et de conserver précieusement la première chaussure de chaque fils et de chaque fille des princes du sang.

Le nombre des reliques de l'abbaye du Val-de-Grâce était fort considérable ; on en comptait jusqu'à trois cents, d'une grande valeur et provenant de sources authentiques.

A sa mort, Anne d'Autriche avait légué les reliques et reliquaires de son oratoire à cette abbaye, où ils furent déposés en 1666.

On remarquait surtout deux soleils garnis de gros diamants, soutenus chacun par deux anges d'or massif dont les ailes émaillées et parsemées de diamants scintillaient d'un vif éclat ; l'un des soleils renfermait un morceau considérable de la vraie croix, l'autre une sainte épine.

Ce n'était pas assez d'avoir fait bâtir un temple au Seigneur et d'avoir fondé une abbaye, Anne d'Autriche s'occupa encore du temporel.

Afin de subvenir aux frais d'entretien de l'église et des cloîtres, elle obtint du roi l'union de la mense abbatiale de Saint-Corneille et Cyprien de Compiègne au Val–de-Grâce : le revenu annuel de cette mense était de 43,264 francs.

Elle ordonna que douze jeunes filles sans fortune et de noble famille seraient élevées gratuitement dans la communauté pour en faire des religieuses soumises à toute la rigueur de la réforme et de la régularité de la vie claustrale.

En 1790, le 27 février, quand Barthelemy le Couteulx de la Noraye, lieutenant du maire de la ville de Paris, fit l'inventaire des meubles et immeubles de l'abbaye du Val-de-Grâce, par suite du décret du 13 novembre 1789 de l'Assemblée Nationale, sanctionné par le roi, il fut constaté que les revenus de la communauté s'élevaient à 79,058 francs, et les charges à la somme de 35,222 francs.

Ce curieux inventaire, dont nous avons retrouvé le manuscrit aux Archives du royaume, indique que les religieuses, malgré leur grande fortune, vivaient dans une étroite austérité, suivant la règle de leur ordre.

Dans le réfectoire, il n'y avait que de la vaisselle de terre et des cuillers de bois.

Chaque cellule renfermait trois planches, une paillasse, des draps de serge, un oreiller de laine, des couvertures, un prie-Dieu, un crucifix, une chaise, trois images; la cellule de la mère abbesse n'avait pas un mobilier plus élégant.

« Il n'y a pas d'autre argenterie, est-il dit au procès-verbal, que quatre vieilles cuillers si minces qu'elles sont toutes bossuées. Elles ont été données par différentes religieuses et sont absolument nécessaires à l'infirmerie ; une casserole indispensable à l'apothicairerie pour les remèdes qu'il faut préparer dans l'argenterie, n'est autre que la vieille bassinoire d'Anne d'Autriche. »

Auguste Acheney, avocat au parlement, avait dressé l'inventaire concurremment avec le délégué de la Convention, comme fondé de pouvoir de la révérente mère de Jarry.

Cette abbesse clôt la liste des supérieures de cette communauté que la terreur révolutionnaire renversa pour toujours.

L'hospice de la Maternité, nommé la Bourbe, fut installé au Val-de-Grâce après le départ des religieuses ; cet hospice n'y fit pas long séjour, et, le 31 juillet 1793, la Convention Nationale convertit ce couvent en hôpital militaire par le décret qui suit.

«La Convention Nationale, ouï son comité d'aliénation, autorise le ministre de la guerre à faire servir la maison nationale du Val-de-Grâce à un hôpital militaire, et charge la régie nationale de faire préalablement constater les lieux contradictoirement avec les agents du ministère. »

En même temps que l'Assemblée Nationale décrétait que le monastère deviendrait un hôpital militaire, l'église, dont les ornements avaient été enlevés dans un but louable de conservation, fut convertie en magasin central des hôpitaux. De là ont été expédiés les milliers de ballots de linge et de charpie destinés à panser les blessés des glorieux champs de bataille de l'Empire.

Le monastère repose sur un terrain de vingt-cinq arpents ; il est d'une grande salubrité, et parfaitement bien situé pour la nouvelle destination que l'Assemblée Nationale lui a donnée. Pour en faire un lieu propre à recevoir des malades, il a suffi d'abattre les cloisons cellulaires, et l'on a eu sous la main de grandes et belles salles parfaitement aérées, pouvant contenir un millier de lits, qui, plus d'une fois, ont été occupés par des blessés dont les convois sont venus jusque dans l'enceinte du Val-de-Grâce.

Le cloître offre un parallélogramme entouré de deux galeries ; l'une au rez-de-chaussée, l'autre au premier étage. Ces galeries sont voûtées, et la retombée des arcs de voûte s'appuie sur des piliers de granit qui montent en saillie extérieure jusqu'au deuxième étage. Les travées placées entre chaque pilier prennent jour sur une cour centrale convertie en jardin. Des fenêtres cintrées à archivolte ferment ces travées, et le cloître ainsi clos offre dans la mauvaise saison une promenade pour les malades.

Au deuxième étage, règnent à l'intérieur comme à l'extérieur du cloître un grand nombre de fenêtres hautes et étroites.

Ces fenêtres manquent de largeur pour un hôpital, dont la facile circulation de l'air et son prompt renouvellement sont les premières conditions hygiéniques ; on y a suppléé en établissant à chaque bout des salles de grandes ouvertures dont il suffit de tenir les portes libres un instant pour renouveler l'air intégralement. On a pris soin aussi de ne pas trop multiplier les lits dans chaque chambre de malades.

Au troisième étage, on voit au-dessus des fenêtres dont nous avons parlé, et en nombre égal, d'autres fenêtres en saillie, moins élevées que celles du deuxième étage, et décorées d'un fronton sculpté dont l'aspect général n'est pas désagréable à l'œil. Ces fenêtres sont de celles auxquelles Mansard a donné son nom. Du temps des religieuses, cet étage servait de grenier, principalement pour le blé provenant des dîmes ; depuis, il a été converti en salle de malades.

Ces derniers locaux pèchent par le manque de hauteur ; on y a porté remède en espaçant considérablement les lits, et par des moyens ventilateurs habilement ménagés dans le plafond et dans la toiture.

Aux quatre angles de ce cloître, dont la toiture est toute en ardoise, s'élèvent, comme un couronnement d'un bel effet, quatre beaux donjons. Près de la chapelle du chœur des religieuses était le clocher avec les cloches dont il a été parlé.

A la place de ce clocher on a mis un escalier pour desservir les chambres des malades ; quant aux cloches, elles ont été fondues à l'époque où la patrie menacée de toutes parts eut besoin de bronze, et elles ont subi le sort du bourdon du Palais de Justice, si célèbre pour avoir donné le signal de la Saint-Barthélemy.

Le sol du cloître du rez-de-chaussée est parsemé de pierres tumulaires dont plusieurs restent encore comme des témoins de sa destination primitive.

Grand nombre de personnages, nobles ou roturiers enrichis, tenaient à honneur d'être enterrés dans le cloître du Val-de-Grâce ; cette faveur, ils l'obtenaient à prix d'argent, et en constituant une rente annuelle pour faire célébrer chaque année un service et un grand nombre de messes quotidiennes.

Les cartulaires déposés aux Archives du royaume contiennent des actes de cette nature.

Dans le pavillon de l'angle nord-est du cloître était l'appartement d'Anne d'Autriche. L'Assemblée Nationale avait trouvé cet appartement tel que cette reine l'avait laissé à sa mort ; avec ses boiseries sculptées, ses bahuts, son ameublement, son prie-Dieu, son crucifix et plusieurs riches reliques.

De ce mobilier historique il ne reste pas même les boiseries.

Les colonnes du péristyle ont été enclavées dans un mur grossier, les chapiteaux corinthiens font saillie et servent seuls à les faire reconnaître.

Un petit nombre de curieux savent qu'Anne d'Autriche a habité ce pavillon si riche en souvenirs historiques, et nul ne voudrait attirer sur lui l'attention des étrangers aujourd'hui que, par une triste destinée des choses de ce monde, il est devenu le réceptacle des immondices les plus impures.

La façade du cloître situé à l'est regarde un jardin, qui n'a pas moins de quinze à vingt arpents de superficie.

De nombreux groupes d'arbres séculaires, libres dans leurs allures, ombrageaient de grands espaces couverts d'une végétation luxuriante et échevelée. Cette délicieuse oasis jetée au milieu de l'asile de la souffrance semblait une consolation du ciel, où le malade retrouvait le calme et la paix de l'âme, que dans d'autres temps Anne d'Autriche était venue lui demander.

L'année 1840, avec ses anachronismes de guerre, a porté sur ces trésors de la nature la hache du vandale, et a donné en échange un camp permanent dont les constructions contrastent tristement avec le grandiose des monuments voisins.

Vainement, dans son zèle infatigable, M. Versial, officier principal comptable de l'hôpital, a-t-il essayé de ressuciter le beau jardin du Val-de-Grâce : il l'a semé de fleurs ; mais pour lui rendre ces hautes futaies contemporaines du fief des Valois, il faudra des siècles.

Il me resterait une belle et touchante page à vous retracer, celle du service de santé. Depuis cinquante ans, en effet, la succession des professeurs qui ont passé par le Val-de-Grâce nous offrirait de nobles modèles.

Tous ont apporté à cet hôpital leur part d'illustration, beaucoup y ont puisé les éléments d'une science qui devait répandre sur leur nom un vif éclat.

Énumérer les faits qui ont marqué tant de belles et glorieuses existences, ce serait m'entraîner hors des limites que je me suis imposées.

Qu'ai-je besoin d'ailleurs de vous parler de ces hommes populaires ? que puis-je vous dire que déjà vous ne sachiez ? Nommer

Desgenettes, Broussais, Sérullas, Larrey, n'est-ce pas tracer leur biographie d'un seul mot?

Comme Desgenettes, Messieurs les élèves, si jamais le Ciel vous réserve une grande épreuve, si, dans des régions lointaines, il fallait par un acte de civisme et de courage rassurer le moral de l'armée contre une épidémie réputée contagieuse, ce courage, ce civisme, vous l'auriez. En présence des troupes réunies, vous n'hésiteriez pas à vous inoculer le virus, fût-il pestilentiel.

Comme Broussais, si la nature ouvrait à votre génie investigateur ses trésors; s'il vous était donné de mesurer d'un regard d'aigle l'immensité de la science, de lire ses secrets les plus intimes, de pénétrer les mystères les plus cachés de l'organisme souffrant; si la révélation de ces mystères profitables à l'humanité devait soulever contre vous la tempête, au risque de vous briser contre les récifs, d'une main ferme vous saisiriez le gouvernail pour lutter, et pour prix de votre courage, vous viendriez jeter l'ancre dans le port.

Comme Sérullas, vous consacrerez votre existence entière à la découverte d'une vérité. Intrépides voyageurs, vos recherches scientifiques seront sans fin; sacrifices de temps, sacrifices d'argent, rien ne saura vous arrêter, et pour récompenser votre labeur, vous verrez les portes de l'Institut s'ouvrir pour vous admettre dans son sein.

Comme Larrey, si la Providence attachait vos pas à ceux d'un grand capitaine pour disputer à la mort des milliers de blessés mutilés par la mitraille, électrisés par l'étincelle divine à la vue des souffrances du champ de bataille, vous puiseriez dans votre âme oppressée l'énergie nécessaire au chirurgien; une exaltation fébrile s'emparerait de tout votre être; vous sauriez vous multiplier à l'infini. Mitraille, famine, contagion, fatigue, comme lui vous braveriez tout. Jamais vous n'oublierez que son âme ne fut accessible qu'à une seule crainte, celle de laisser périr un blessé faute de secours.

Le Val-de-Grâce se glorifie de posséder des archives où sont inscrits des noms si justement célèbres; mais ne nous y trompons pas, plus est glorieux l'héritage légué par nos devanciers, plus aussi sont grands les devoirs qui nous sont imposés. Inspirons-nous constamment de leur exemple, et cherchons sans relâche la trace glorieuse qu'ils ont laissée dans la carrière.

Tous ne s'étaient pas trouvés dans les conditions heureuses de notre époque : la paix, que la sagesse du monarque nous a donnée, protége vos études ; mais seule, la paix ne suffit pas ; les fruits qu'elle fait éclore, c'est au travail qu'il faut les demander.

Mettez à profit les belles années de la jeunesse ; soyez avares du temps ; de toutes les richesses, nulle n'est plus précieuse, celle-là ne saurait se récupérer. Le temps, c'est l'étoffe dont la vie est faite, selon la belle expression de Franklin.

La société, telle que nos pères sont parvenus à la constituer, a le droit de frapper sur chacun de ses membres l'impôt du travail, et nul ne saurait s'y soustraire sans renoncer volontairement aux bienfaits qu'elle donne en échange.

Dans les luttes que vous venez de soutenir, vos intérêts personnels n'étaient pas seuls en cause ; la santé du soldat en était l'enjeu, et la responsabilité de vos professeurs était fortement engagée.

Quand une génération de jeunes officiers de santé militaires fait fausse route, l'on demande quels maîtres l'ont dirigée !

Mais, hâtons-nous de le proclamer bien haut, ni les uns ni les autres n'avons à craindre de ce contrôle. Par le zèle et le dévouement affectueux dont vous faites preuve près des malades, vous avez compris que le soldat souffrant est, à l'hôpital, chez lui, dans sa propre maison, qu'il a droit à tous les égards, et que le malheur a aussi sa majesté.

Par vos études fortes et soutenues, vous avez répondu dignement à la pensée de M. le maréchal Soult, renonçant généreusement à son droit constitutionnel de nomination directe, pour réserver votre avancement aux épreuves du concours.

Dans un instant les vainqueurs vont recevoir des récompenses dont le prix sera doublé en passant par les mains du noble représentant de M. le maréchal ministre de la Guerre, de l'honorable lieutenant-général commandant la 1re division, et de notre digne chef M. l'intendant militaire ; leur présence ici est un encouragement pour tous ; le service de santé ne connaît pas de noms plus sympathiques à ses besoins. Ces récompenses, qui, pour beaucoup d'entre nous rappellent des souvenirs dont le temps n'a pu altérer la fraîcheur, vous avez le droit d'en être fiers, car vous avez lutté contre de rudes athlètes. Abandonnez-vous à l'enivrement du triomphe, ces joies-là sont pures et sans alliage ; après celles de la famille, il n'en est pas de plus vraies.

Mais, aussi, songez que s'il est glorieux de s'être emparé de vive force du premier rang, il y aurait honte à s'en voir un jour dépossédé.

Ces médailles sont des engagements solennellement pris, et ces engagements vous les tiendrez, parce qu'en vous réside le feu sacré.

Quant à ceux qui, tombés dans la mêlée, n'ont pu gagner leurs éperons, je suis heureux de pouvoir leur dire que leurs chefs savent apprécier leur bonne conduite et leurs efforts : qu'ils ne perdent pas courage, qu'ils n'abandonnent pas leurs travaux ; nous leur donnons rendez-vous dans un an pour récompenser leurs labeurs et leurs succès.

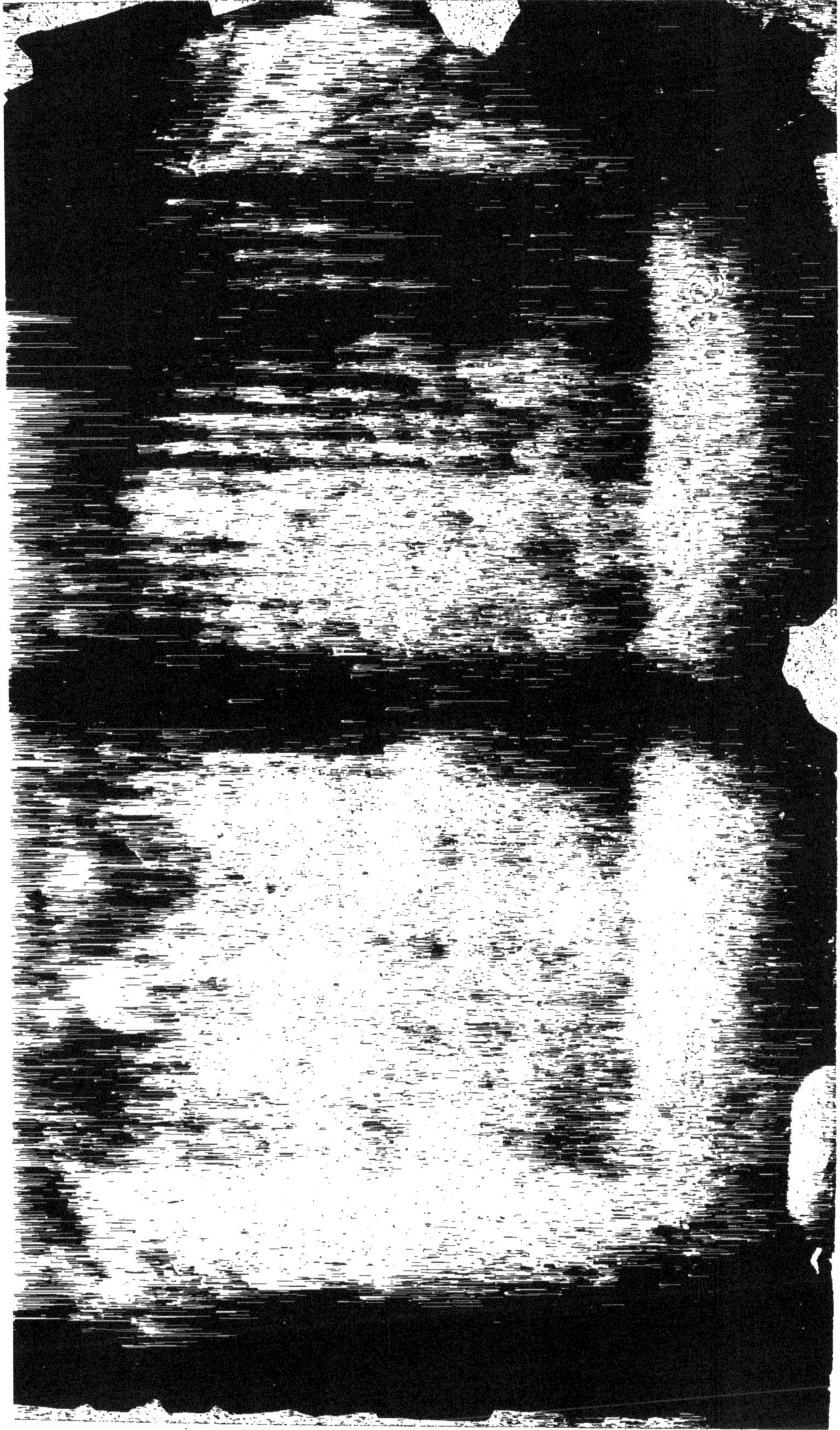

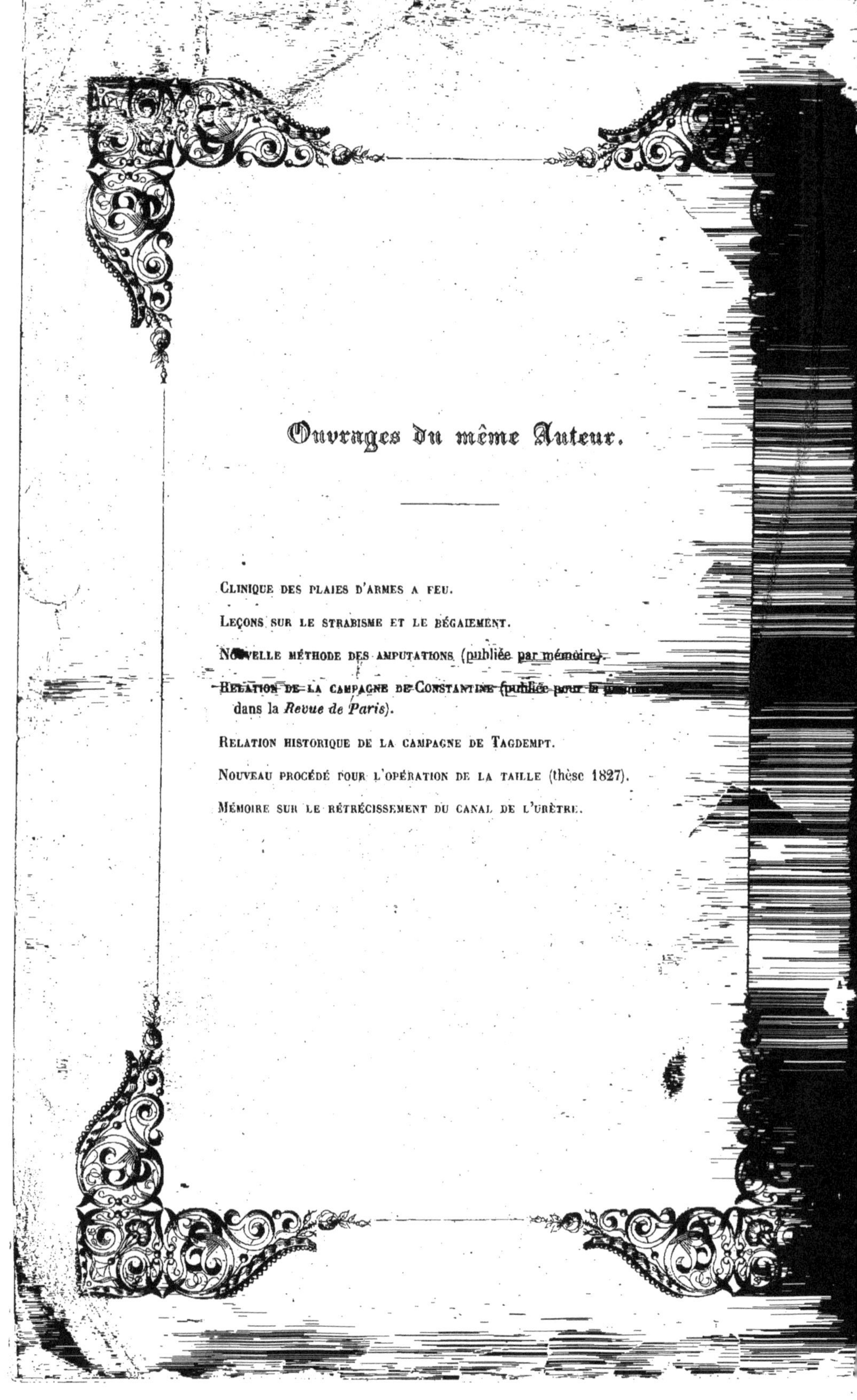

Ouvrages du même Auteur.

Clinique des plaies d'armes à feu.

Leçons sur le strabisme et le bégaiement.

Nouvelle méthode des amputations (publiée par mémoire).

Relation de la campagne de Constantine (publiée pour la première fois dans la *Revue de Paris*).

Relation historique de la campagne de Tagdempt.

Nouveau procédé pour l'opération de la taille (thèse 1827).

Mémoire sur le rétrécissement du canal de l'urètre.

9 782019 997847